宋·樂史 撰

廣卓异記

中國書店

據中國書店藏清道光黄氏仙屏書屋泥活字本影印原書版框高二十二點二厘米寬十四厘米

出版説明

《廣卓异記》二十卷，宋樂史撰。

樂史（九三〇——一〇〇七），字正子，宜黄人。曾在南唐爲官，入宋後官太常博士、直史館等職。其人學識淵博，從政之餘，勤于撰述。著書二十餘種，以《太平寰宇記》、《廣卓异記》最爲著名。

《廣卓异記》一書，據樂史自序，乃以『唐李翱《卓异記》三卷，述唐代君臣卓絶盛事，中多漏録。史初爲《續記》三卷，以補其闕。後復以僅載唐代，未爲廣博，因纂集漢魏以下迄五代并唐事，共爲一帙，名《廣卓异記》，分爲二十卷』。首卷記帝王，次卷記后妃、王子、公主，三卷雜録，四卷至十七卷記臣下貴盛之極與顯達之速者，十八卷雜録，十九卷舉選，二十卷記神仙之事。内容龐博，爲宋代著名筆記小説之一。

該書刊刻無多，最著者爲清道光二十七年（一八四七）黄氏仙屏書屋活字印本，由樂史同邑後學黄秩模（黄爵滋之子）以活字法校刊、擺印。黄秩模以當時流行的抄本作爲底本，并據善本校正，校讎精細，印刷精良，存世稀少，具有重要的藝術價值。據民國著名藏書家傅增湘《藏園群書經眼録》卷四所載《廣卓异記》條云，『此書道光丁未有聚珍板，是宜黄黄秩模所校，視清初刊本爲善，卷末亦多數條。』

中國書店所藏《廣卓异記》即爲清道光二十七年黄氏仙屏書屋活字印本。是書半頁十行，行二十六字，白口，四周雙邊。

活字印刷術是我國古代印刷史上一次偉大的技術革命，自宋代發明後，明清兩代均有活字版古籍傳世。爲弘揚我國傳統文化，普及版刻知識，中國書店自所藏明清活字印本中擇取傳本稀見、擺印精良，代表了我國古代活字印刷水平而又具有一定學術價值的古籍影印出版，以滿足專家、學者及廣大傳統文化愛好者的需求，推動古籍文獻整理與相關學術研究。

中國書店出版社

癸巳年夏月

廣東異記

高要蘇廷魁題

道光丁未夏四月用
聚珍板重印於宜黃
北山黃氏傳屏書屋

序

曩聞吾邑宋樂子正先生曾撰廣卓異記二十卷四庫館全書附存目錄傳記類宋吳興陳振孫直齋書錄解題明楊士奇等文淵閣書目來字廚古今志

國朝錢曾讀書敏求記皆有是書屢經尋購迄未得見戊戌歲僑寓京師始獲傳鈔舊本眞不啻拱璧也因思此書爲吾邑前賢之所著述近世罕覯不可不廣其傳儗俟博訪善本校正付梓甲辰以後適興修邑城總理工務辰出酉歸日無暇晷諸同人急欲快覩爰命小胥亟爲鈔出用活字板印行其原本既列總目各卷首復有篇目玆惟存總目至卷首之目概從刪簡第經數百年展轉鈔寫之手譌字脫句不可勝計雖畧加參核匠氏復迫促譌脫處多仍其舊未及一一更定所望藏書之家素弆善本詳悉攷訂共相流布不且與太平寰宇記等書並垂不朽哉鳳岡書院肄業諸君月課以此爲題各抒佳詠亦備列於卷端旹道光丁未歲孟夏月上澣邑後學黃秩模立生氏謹識于城西仙人石下念劬別墅東偏蕉陰小梘

廣卓異記 并序

宋朝散大夫行尚書都官員外郎直史館上柱國樂史撰

昔李翺著卓異記三卷述唐朝君臣超異之事善則善矣然事多漏落未爲廣博臣初入館殿日亦嘗撰續唐卓異記三卷進上則唐朝之事庶幾盡矣臣又續漢魏以降至于五代史竊見聖賢卓異之事不下唐時之人卽未聞有纂集者臣今自漢魏以降至于周世宗并唐之人總爲一集名曰廣卓異記凡二十卷幷目錄二卷其累代簪纓蓋世功業三復省之不無所益何者昔曹景宗讀穰苴樂毅列傳歎曰大丈夫當如是此乃見賢思齊之道也易曰積善之家必有餘慶且累代富貴豈不由積善之致焉今臣寮若見卓異記必如曹景

宗之讀列傳也臣又聞漢書言學者稱東觀如道家蓬萊山唐太宗開文學館得入者謂之瀛洲之與蓬萊神仙之攸館今既比之卽神仙不可再言矣臣撰總仙記其間有全家爲卿相累代居富貴者何異焉今撮其殊異者入此書中況夫立身朝廷致位華顯者其或慶者在堂弔者在閭若能以道消息寄懷於虛無之中則躁競之心塞清淨之風生壽骨欲低自然高矣禍門欲開自然閉矣此書既成不敢不進雖不補三館之新書亦擬爲一家之小説干冒宸扆伏增憂越謹序

題詞

習之卓異紀初唐子正新裁拓舊章二十六條殊簡畧一千餘載悉推詳半生博采旁搜力累代兵氛燹火塲鋟木失登丁部錄鈔胥祕作酉山藏西京盛事傳奚賴東觀奇書讀未遑散見他文都膾炙總無完璧耀琳琅幸當吾族羣英萃洒有仙屏家嗣良佳果欲從三島覓美鯖變合五侯嘗入京始獲窺全帙閉戶重披鬱古香活版因人求索急譌編仍自校讐忙快心成業春交夏枵腹多儲槖與囊尚惜太平寰宇記幾行錯脫費思量

宜黃 黃傳驥 墨西

宜黃 吳鏻 乾之

吾邑山水毓瑰奇樂公博雅人皆知五色明珠富著述一千一百卷有奇李翺唐代卓異記貞觀祥徵廿六事廣爲攟摭費精神合作羽儀差美備星馳電掣九百年雲散風流二十編載攷館書附存錄重修邑乘僅名傳黃子立生劇好古旁搜遠紹昌黎伍借觀未可計瓻癡刊謬更難辨馬虎拾補畧加舊盡仍付之梓匠期速成觸目琳琅洵可寶喜讀未見慰平生

宜黃 黃秩浚 深嶠

吾鄉先輩多奇才樂公子正尤淹該廣卓異記二十卷由漢迄唐如數枚自言欲使人心感天之生物栽者培勿謂休徵不易得至誠所名祥異來我兄嗜古遠相慕搜羅匪獨窮章句舊鈔校覈仍脫譌倉

卒選工爲流布此書能吐五色雲應有神靈重呵護嗚呼世間躁競皆有求何若循常篤本務

宜黃吳　鏕鼎之

太宗好諫名貞觀多美政寰瀛雅頌宜巨族簪纓盛李翺卓異記廿六交輝映非徒紀吉祥亦以昭忠敬伊誰廣是篇宋時樂子正史籍詳搜尋蒐編互考証既表儲材恩咸知積善慶紙錄因祕藏板行斯遠亙皇皇廿卷書事存語極淨所願有心人不信文憎命麟閣繪功臣千載猶歌詠

吉祥富麗風錦舒東觀蔚爲未見書綜合前朝集其腋尋常被服無顏色

宜黃吳朝佐瑀臣

誰將卓異記唐時習之纂述洵瑰奇誰爲撰續廣是篇宋代子正名更傳子正先生博洽才留心著作輕鄒枚吾鄉名流此特出曾送明珠五色來授職史館多記載藏之祕閣昭後代神仙窟宅任推求掌上華夷供圖繪餘閒更發集古情欲將人瑞驗休徵上溯漢唐至周世一千一百餘年幷蒐羅古籍任條列載考史宬倍經營集成分爲二十卷歷朝殊異都分明譬如纍纍羅列星又如雲霞象畢呈置身一一坐蓬瀛積善由來有餘慶此書久祕騰光彩自宋迄今九百載祇疑鈔本難徧傳欲付梓人蓋有待幸遇仙屏卓犖姿奕葉相傳世共推重搜舊帙素心盡曾入京華全璧窺意將鐫板刊行世猶恐譌文義多蔽拾遺補闕商訂忙責成檢匠志何銳賤子才學慚庸

膚末咀史液抉經腴閉門展卷誦一徧枵腹似持記事珠

宜黃　黃傳鑣小溪

太平寰宇久成編卓異蒐羅又廣傳八物於今光宋代表揚在昔溯唐賢手胝鈔本行將盡心歉譌文未敢鐫繼起有才能博古重尋舊帙意殷然

宜黃　吳　熙碧軒

吉雲敷采景星煌廿卷書存萬代光宋室明良開氣運鄉賢勳業在文章皇猷潤色摛鴻藻異事蒐羅起鳳岡紙價當年京洛貴蘭臺鈔本尚珍藏

江夏門功奕葉傳早從東觀覩遺編一簾燈火重讐校三館聲名溯後先詩禮訓承中祕地文明生際太平天祇今棃棗資流布大業千秋踵二賢

宜黃　黃秩澧蘭坡

吾鄉樂子正鋭敏富縑緗綜輯皆博雅若啓寶山藏太平寰宇記考核精且詳更有廣卓異盛瑞紀非常不惟續唐記漢晉悉摟揚其書祇鈔本譌脫費校量我家立生兄板印饋貧糧參訂雖未備見聞可互商覽者各獲益珍惜如琳琅

廣卓異記目錄第一 帝王事

聞空中有言
五十四年內祖與孫封禪
兩卽帝位
太子四人登寶位
太子三人登寶位
一殿三天子
天子控天子馬
誅賊同月日
神兵破賊

呼臣下爲郎
呼臣下爲監 呼司徒附
華嶽神迎謁
見白龍橫南山
御筆題隱士門
駕幸孝義家
親王代天子拜尚書
水變爲芳醪

廣卓異記目錄第二 后妃王子公主

上苑花應詔發

五朝爲太后
四十年爲太后
一門三后生三天子
三代爲后族
太后爲師傅素服五日
申王異事
壽王八歲能拜舞
妃子一門榮盛
一門五世十二人尚公主
三尚公主

一門尚四公主
一門尚三公主
天子呼親家母
天女生天子
開目識新婦

廣卓異記目錄第三 雜錄

神人報天子在門
賜金蓮花燭
翰林學士聯句詩好
爲詔書好賜宮錦

送客西江詩好賜瑞錦
奪錦袍
御製詩送賀賓客爲道士還鄉并宰相已下應制詩
賜戴叔倫中和節唱和詩
詔寫古劍歌賜諸學士
家藏十一代先祖書勅爲寶章集

廣卓異記目錄第四 臣下貴盛之極者

金日磾
張安世
許廣漢

史良娣
霍光
衛青
梁冀
胡廣
鄧禹
竇融
楊椿
萬石君
李覽

廣卓異記目錄第五 臣下
三公父在堂
宰相有二親
宰相與百官列班起居新宰相太夫人
三十三年在相位
二十七年佩相印
四入相
三入相
五代六人拜相
六代六人拜相

三代拜相
父子皆自揚州再入相
父子三人拜相
一門四相
一門三相 七家
廣卓異記目錄第六 臣下
二代爲相 二十家
兄弟六人並登相位
外孫三人爲相
舅甥相代爲相

與妻父同時爲相
座主與門生同在相位二家
與同列子弟爲丞相
齊年同日爲相
集禮院由太常博士入相者
座主見門生拜相
廣卓異記目錄第七臣下
爲相數日天下望風而變
與子弟同年同在相位
與使主同時爲相

故吏並爲三司
賓幕六人拜相
使主未離鎭見判官拜相
禮部同年三人同時在相位
禮部同年四相
制科同年四相
制科同年五相
揚州四人皆至宰相
會客中三人皆丞相
白衣人告拜相

夢中神人授二管筆
庭槐生三枝過堂屋脊
三起三黜
見白衣人吟詩
神呼相公
蝦蟆大如牀

廣卓異記目錄第八 臣下顯達之速者

年三十爲僕射
不數日内貴盛
數月超爲大司空

九十五日位至司空
起家二年爲丞相
自補闕至侍郎不周歲爲相
二年間拜相階至特進
五年至尚書
不出長安城十年至丞相
不出都門便登相位
不及七年爲節相
四遷至九卿
七箇月自員外郎爲侍郎

三月周歷三臺遷侍中
一日三命
一日二恩
四時改服色
一歲五遷
一歲三遷
白衣入翰林
六十日內授三品官
自處士爲丞相
四遷至丞相

廣卓異記目錄第九 臣下

三葉爲國元老
出入六十年富貴
一座最貴
弟男七人同日拜官
弟男姪十一人同制授官
官誥一百二十七軸同日入門
羣從甥姪百餘人爲官
七子二孫封侯
子孫五人封侯

父子兄弟十餘人食邑
爲帝王師封萬戶
三代帝王禮重
五世盛德

十三代子孫二十三人榮貴

廣卓異記目錄第十臣下

一門二十三人封王
一代五人封王二家
五世封王
四世封王

三世封王
五世侍中
一門二中書令五侍中
三代爲侍中
兄弟四人迭爲侍中
兄弟俱曾爲侍中
父子同時爲尚書令中書令
父子俱曾爲中書令
父子俱上公
兄弟俱爲中書令

三拜中書令
代恩第爲尚書令
廣卓異記目錄第十一 臣下
四世五人爲三公
四世四人爲太尉
四世四人爲三公
三世四人爲三公
三世三人爲三公二家
一門七人爲三公
一門四人爲三公

一門三人爲三公
四代爲司徒太尉
屏風隔坐
四辭僕射而後受
三拜左僕射
一門三僕射
四世爲僕射
三世爲僕射
三世爲令僕
神告僕射

白衣尚書
五世爲吏部尚書
四世五人爲吏部尚書
兄弟同時爲左右丞
從者荅神人曰魏公舒
贈童子木馬
白鬚公神語

廣卓異記目錄第十二 雜錄

宰相乘車入宮殿
三公乘小馬入東西臺

侍讀腰轝入內殿
逸人不拜天子
父子草傳位冊書
父子撰帝王父子實錄
父子有策廢功
令自揀拜相日
三入承明廬
七代通顯
一人四事一同
二人四事相同

衣錦還鄉
賜錦袍還鄉
都門祖二疏
大臣歸鄉事
自相位至節度九表讓官
讓太尉位與管寧
廣卓異記目錄第十三上下
兄弟同時爲翰林學士
兄弟相代爲翰林學士
兩代四人爲翰林學士

三代五人爲翰林學士中書舍人
同年五人爲翰林學士
座主與門生同在翰林
門生爲翰林學士撰座主白麻
使主未離鎭掌書記爲翰林學士草加官白麻
翰林學士自著緋賜紫
三度爲翰林侍讀學士
天子謂學士曰加官之喜
一夜草一十五將麻制
廣卓異記目錄第十四上下

三世三人入北省
兄弟三人入北省
父子三人中書舍人
四代中書舍人
三代中書舍人
鳳閣王家
三王
兄弟二人中書侍郎
一家四人給事中
兄弟三任一同

兄弟對居兩省
兄弟對居兩制
六度入兩制
三代四學士
兄弟三人學士
德宗批出知制誥官
廣卓異記目錄第十五臣下
三世爲司隸
子孫七人爲廷尉
三世爲廷尉

父子二人爲御史大夫
兄弟二人並拜御史大夫
父子二人爲中丞三家
五世爲河南尹
兄弟四職相代
一家五人仕青宫
一門三傅
父子三人皆爲史官
衣道服知史館事
九世有史傳
三代司業
侍讀坐宣賜牀歸家

廣卓異記目錄第十六臣下

子代父爲太僕卿
父子三人爲大卿監
父子兄弟四人大卿監
兄弟六人同至三品
三世執金吾
三世將軍
父子爲武侯大將軍

三品要職
與府主同爲金吾
兄弟同時列棨戟
子姪三人並授上柱國

廣卓異記目錄第十七 臣下

七爲大總管帯平章事
代妻父爲節度使
父子同時爲節度使
子四人俱任節度使
三人皆當爲方伯

四世爲本郡太守
四世爲本郡刺史
三世坐益州
三世坐蒲州
二世坐平盧
父子坐興元
大馮君小馮君
大雍州小雍州
大鄭公小鄭公
父子交代爲刺史

兄弟前後爲一州刺史
父子三人旌節坐本郡
舉主與孝廉相代

廣卓異記目錄第十八 雜錄

就私第注官
兄弟並導騶而行
徵光寺錢
父子並命
荀氏八龍
比荀氏八龍

五絶
鬼謠
文士聲名播蠻夷
將士割股祭長帥
胡雛異事
導母輦太常閱樂
婦人衣冠貴盛
父子忠烈
一門忠孝
三代旌表門閭

吮糜之聲聞數十里
三使相

廣卓異記目錄第十九 舉選

七牓院
攜門生迎家君
門生引門生謁座主
及第與長行拜官相次
門生先於座主佩金魚
兄弟六人進士及第
一家八人進士及第

一家六人進士及第
兄弟七人進士及第
兄弟四人進士及第 内二人拔萃入高等
兄弟五人進士及第
兄弟三人同年及第
兄弟二人制舉同年登科
兄弟同年童子及第
父子狀元及第
兄弟三人俱狀元及第
兄弟二人狀元及第

進士狀元却爲宏詞頭
進士狀元却爲拔萃頭
進士狀元却爲制舉頭
九登科選
七登科選
三世十三牓十四人登科

廣卓異記目録第二十 神仙

全家登仙 三家
三世六人登仙
五世十二人登仙

五世爲相後登仙
祖孫四人登仙
一家七人登仙
兄弟四人登仙
兄弟七人登仙
西王母五女俱爲仙官
預知元女神君

廣卓異記目録終

廣卓異記卷第一　帝王事

宋宜黃樂　史子正撰
邑後學黃秩模正伯校

聞空中有言 唐高祖　元宗

右按唐書云武士彠隋時爲晉陽宮留守司録參軍高祖爲晉守日士彠嘗詣朝於街內獨行聞空中有言曰唐公是天子士彠尋聲不見有人仍以此言白高祖高祖悅之曰幸勿多言其夜士彠夢高祖乘白馬上天旦以聞於是起義

右按唐書元宗爲臨淄王自潞州別駕朝京師唐隆元年庚子夜平內難迨明處置畢是日寅時潞州椽吏於州門聞空中語曰臨淄王誅韋氏相王得天下椽吏驚走遽白刺史刺史以爲誑妄留繫旬日會制到乃赦之模按原本治訛迨今改正

五十四年內祖與孫封禪 唐高宗　元宗

右按唐紀高宗麟德三年正月一日有事于泰山玉牒文曰唐嗣天子臣諱敢昭告于昊天上帝有隋運極顛危數窮否塞生靈塗炭鼎祚淪亡高祖仗黃鉞而掃黎元錫元珪而拯沈溺太宗功宏鍊石定區宇於再塵業壯斷鼇飲滄海而一息臣幸忝餘緒恭承積慶遂得崑山寢燎炎海澄波雖乃業茂宗祧斯實降靈穹昊今謹告成東嶽歸功上元大寶克隆鴻基永固凝薰萬姓陶化八紘

右按唐紀元宗睿宗之子高宗之孫開元十三年十一月有事于泰

山玉牒文曰唐嗣天子臣諱敢昭告于昊天上帝天啟李氏運興土德高祖太宗受命立極高宗升中六合殷盛中宗繼復紹休丕定上帝眷祐錫臣忠武祇綏内難推戴聖父恭承大寶十有三年欽若天意四海宴然封祀岱岳謝成于天子孫百祿蒼生受福麟德三年至開元十三年凡五十四年内祖與孫封禪自古帝王無比

兩即帝位 中宗 睿宗

右按唐紀中宗宏道元年二月六日自皇太子即位嗣聖元年二月六日降爲盧陵王聖歷元年九月十五日冊爲皇太子神龍二年正月二十四日再即帝位 樸按李翺卓異記作二月八日降盧陵王

右按唐紀睿宗嗣聖元年二月七日自豫王即位天授元年九月五日降爲皇嗣聖歷二年正月六日降爲相王神龍元年正月二十日立爲皇大弟唐隆元年六月二十四日再即帝位自古帝王未之有焉

太子四人登寶位 北齊高祖

右按北齊書高祖長子文襄皇帝追封第二子顯元文宣皇帝在位十年第六子肅皇孝昭皇帝在位一年第九子世祖武成皇帝在位四年高氏四子俱爲天子

太子三人登寶位 後周太祖 唐穆宗

右按後周書云太祖第三子閔帝在位一年長子明帝在位四年第四子武帝在位二年宇文氏三子皆爲天子

右按唐紀穆宗皇帝長子敬宗皇帝在位三年第二子文宗皇帝在位十年第三子武宗皇帝在位七年李氏三子皆爲天子

一殿三天子 唐元宗 肅宗 代宗

右按次柳氏舊聞代宗之誕也三日元宗幸東宮錫之金盆命浴吳皇后慮皇孫龍體不豐負嫗乃以宮中諸王子同日誕而體豐寘者進之上視之不樂曰非吾兒負嫗扣頭具服上眄之曰非爾所知趨取吾兒來於是太子取子進上大喜承之掌中向日視之笑曰此兒福祿遠過其父及上起入宮盡罶內樂謂力士曰此一殿有三天子樂乎可與太子飲酒 李輔國悖於元宗代宗不平之令刺客斷其首於溷中斷右臂以祭泰陵 樓按原作舊史今改

天子控天子馬 肅宗

右按肅宗實錄既收復長安元宗自蜀至上至望覽宮奉迎元宗御宮南樓以俟上望樓辟卽下馬趨進前再拜蹈舞稱賀元宗下樓上俯匐捧元宗涕泗嗚咽不能自勝扶元宗陞殿尚食每進一味上皆嘗膳然後進飛龍御馬上親選試然後進御元宗上馬上秉轡控元宗馬行數十步元宗止之而後退元宗謂左右曰吾享國已來未知貴也今日見吾子爲天子乃知貴也上嘗避馳道執鞭弭導引元宗自開遠門至丹鳳門自後乾元元年十月元宗再幸華淸宮上至灞上迎候下馬趨進百餘步舞蹈前抱元宗足元宗撫上背上又控轡行數十步有命乃止

誅賊同月日 劉闢 李錡 吳元濟

唐憲宗皇帝元和元年十一月十一日斬劉闢於西川又元和二年十一月十一日斬李錡於潤州又元和十二年十一月十一日斬吳元濟於蔡州（樸按李勳卓異記均作十一月一日）

右按唐紀憲宗皇帝誅三賊皆是十一月十一日契合如是

神兵破賊（張韓公 王忠嗣）

右按唐書肅宗乾元二年十二月文武百官賀勝州巳北百姓數千人咸見兵馬極百姓索食其中有人云我是張韓公及王忠嗣領北兵馬爲國討賊不日當太平百姓陳祭訖須臾不見此聖德所感人神合符靈應昭然今古未有者時史思明作亂

呼臣下爲郎（蕭瑀）

右按唐書武德初軍國政事悉關宰相蕭瑀高祖臨軒聽政引瑀陞御榻而坐呼爲蕭郎高祖曰得公之言特存社稷今賚公黃金一函以報智者

呼臣下爲監（裴寂）

右按唐書裴寂爲司空高祖與寂有舊既受位謂寂曰使我至此者公之力也每日賜御膳視朝引之同坐入閤延於卧内呼爲裴監寂乞歸故里高祖泣曰今猶未也要相與偕老爲台司我爲太上皇逍遥一代豈不樂哉因遣員外郎更番宿其第以表崇重（杜佑爲相憲宗不名呼爲司徒）

華嶽神迎謁（唐玄宗）

右按開元傳信紀元宗東封車駕次華陰上見岳神數里迎謁上問左右莫之見遂詔諸巫問神安在獨一老巫阿馬婆奏云三郎見在路左朱髮紫衣迎候陛下上顧而笑乃勅阿馬婆勅神先歸上至廟見神具櫜鞬俯伏殿庭東南大柏樹下又詔阿馬婆問之奏如上見命阿馬婆致意而旋尋詔諸岳封爲金天王上製碑文親書寵異之

見白龍橫南山 元宗

右按獨異志開元中元宗御含元殿望南山見一白龍橫亘山上問左右皆云不見急召王元寶問之元寶曰見一白物橫在山頂不辨其狀左右啓曰何則臣等不見之帝曰我聞至富可以敵至貴朕天下之主元寶天下之富故見爾上曾問元寶家財多少對曰臣請以絹一疋繫陛下南山一樹樹盡臣絹未窮時人謂錢爲王老者以其有元寶字人見之則喜

御筆題隱士門 田遊巖

右按唐書田遊巖隱於嵩山許由廟東自稱許由東鄰頻詔不起高宗幸嵩山親訪巖家遣中書侍郎薛元超入問其母巖山衣出拜高宗謂曰先生養道山中皆得佳否乃親題額懸其門曰隱士田遊巖宅

駕幸孝義家 張公藝

右按唐書張公藝鄆州人九代同居貞觀中詔加旌表麟德二年高宗皇帝有事于泰山路過鄆州幸其宅詔問孝義之由公藝但於紙

上書百餘箇忍字因賜以縑帛

親王代天子拜尚書 范雲

右按梁書武帝與范雲少親善及武帝登位封雲爲吏部尚書常侍宴上謂臨川王宏鄱陽王恢曰我與范尚書少親善伸四海之敬今爲天下主此禮既革宜代我呼范爲兄二王下席拜與雲同車而還時人榮之

水變爲芳醪 唐宣宗

右按令狐澄宣宗七十事曰上在藩時從駕校獵上林及暮還悞墮馬人不覺比二更方興時大雪四顧無人聲上寒甚巡警至大驚上曰我光王也不悟至此方困渴若爲求水巡者卽於旁求水以進遂委而去上力起舉甌將飲甌中水變爲芳醪矣上獨喜自負一舉盡甌而已體微暖有力遂歸舊邸 初年十歲忽不豫有神光滿身而南面獨語如對百僚鄭太后謂之心疾乃自穆宗在而覩之此吾家英物非心疾也

廣卓異記卷第一 終

廣卓異記卷第二 后妃王子公主

宋宜黄樂　史子正撰
邑後學黄秩模正伯校

上苑花應詔發 則天

右按唐書則天天授二年臘月卿相恥輔女君欲謀弑則天詐稱花發請幸上苑許之尋疑有異圖乃遣使宣詔曰明朝遊上苑火急報春知花須連夜發莫待曉風吹於是凌晨名花瑞草布苑而開羣臣咸服其異焉

五朝爲太后 懿安太后郭氏

右按唐書懿安太后郭汾陽之孫贈左僕射駙馬曖之女母代宗長女昇平公主憲宗爲廣平王時納爲妃代宗外孫德宗外甥順宗新婦憲宗皇后穆宗母敬宗祖母文宗祖母武宗祖母歷位八朝五居太母之尊人君行子孫之禮福壽隆貴四十餘年謚曰懿安皇太后雖漢之馬鄧無以加焉識者以爲汾陽社稷之功未泯復鍾慶於懿安焉

四十年爲太后 崇德太后褚氏

右按晉書崇德太后褚氏在位四十年凡王臨朝攝政事年六十一初康帝時營中陳讀女有文在足下曰天下母視之愈明京邑喧有司收繫以聞俄自獄亡去康帝崩獻后臨朝此其祥也

一門三后生三天子 獨孤信

右按南北史及唐書後周大司馬衞公獨孤信生三女長女爲周文帝后生武帝次女爲隋文帝后生煬帝小女爲唐太祖元皇帝后生高祖一門三后生三天子貴盛無比

三代爲后族 竇威

右按唐書內史令延安公竇威高祖謂之曰昔周朝有八柱國之貴吾與公家咸登此職今我爲天子公爲內史今本末異乃不可乎威謝曰臣家昔在漢朝再爲內戚至於後魏三處外家陛下龍興復出皇后臣又位忝鳳池高祖大笑曰公以三代后族欲誇我耶關東人與崔盧爲婚猶自矜伐公世爲帝戚豈非盛事乎

太后爲師傅素服五日 漢宣帝太后

右按前漢書昌邑王廢立宣帝太后有政宜知經術大將軍霍光令夏侯勝用尚書授太后遷長信少府賜爵關內侯又遷太子太傅賜黃金百斤年九十卒賜冢塋葬平陵太后賜錢二百萬爲勝素服五日報師傅之恩儒者以爲榮

申王異事 申王撝

右按唐書申王撝睿宗第二子本名成義母柳氏掖庭宮人撝之初生則天嘗以示僧萬回云此兒西域大樹之精養之宜兄弟則天甚悅始令列於兄弟之次王性寬裕儀形瓌偉善於飲啖

壽王八歲能拜舞 壽王瑁

右按唐書開元十五年五月慶王潭等加都督事元宗以永王已下

幼不令於殿庭列謝時壽王年八歲請從諸兄行事拜舞如法上特異之

妃子一門榮盛　楊妃

右按唐書楊妃父元琰贈太尉齊國公母李氏贈涼國夫人叔元珪吏部尚書再從兄國忠爲宰相從兄銛鴻臚卿列棨戟母弟錡尚太華公主堂弟秘書少監鑑尚承榮郡主長姊韓國夫人次虢國夫人次秦國夫人國忠小男朏尚萬春公主長男暄先尚延和郡主拜太常卿兼戶部侍郎楊氏一門一貴妃二公主二郡主三夫人一宰相一尚書二大卿開元已來豪貴榮盛未之比也

一門五世十二人尚公主　穆觀

右按後魏書穆觀子亮亮弟壽壽弟真亮子紹紹子正國正國子平城壽子平國平國子伏干伏干弟羆真子大大子智伯一門五世計十二人皆尚公主

三尚公主　劉昶

右按後漢書劉昶初尚武邑公主公主薨更尚建興公主又薨更尚平陽公主及昶終與三公主同塋異穴

一門尚四公主　薛瓘

右按唐書薛瓘尚城陽公主瓘之子紹尚太平公主（紹兄顗爲黃門侍郎懼其公主寵盛問於克構克構曰帝甥尚主由來故事苟以恭慎行之何懼也然室有傲婦善士所惡故鄙諺曰娶婦得公主平地買官府遠則平陽公主妖孽致亂近則新然晉安爲時所誚欲求無患難矣）瓘之堂姪儆儆之子鏽自瓘至鏽一

門尚四公主模按薛瓘原本作薛曜據唐書改

一門尚三公主盧道裕

右按後魏書盧道裕弟虔堂弟元聿並尚魏公主一門尚三公主一門尚二公主不錄

天子呼親家母蕭嵩夫人賀氏

右按唐書中書令蕭嵩子尚新昌公主嵩夫人賀氏入覲拜席元宗呼爲親家母禮儀甚盛

天女生天子魏神元皇帝

右按後魏書聖武皇帝諱詰汾嘗畋於山澤欻見輜軿自天而下旣至見美婦人自稱天女受命相偶且曰請還期年復會于此及期而

至先畋處果見天女以所生男授帝曰此君之子當世世爲帝王語訖而去卽神元皇帝也故人諺曰詰汾皇帝無婦家力微皇帝無舅家力微卽神元皇帝名也模按魏書畋作田欻作歘

開目識新婦魏徵

右按劉賗續說苑魏徵疾甚太宗與太子再臨其第徵加朝服拖紳帝見徵悲慼拊之泣慟問所欲言對曰嫠不恤緯而憂宗周之亡將以公主降其子叔玉上以主從目識新婦也

廣卓異記卷第二終

廣卓異記卷第三 雜錄

宋宜黃樂　史子正撰
邑後學黃秩模正伯校

神人報天子在門 孔靖

右按南史孔靖會稽山陰人宋武帝潛龍時東征孫恩至會稽過孔靖宅正晝臥有神人衣服非常謂曰天子在門而失之遽出見帝延入結交執手曰卿後當大貴於是曲意禮接贍給甚厚晉義興八年復爲會稽內史修飾學校復爲右僕射讓不拜致仕武帝平關洛宋臺初建以爲尚書令侍中特進光祿大夫辭位歸鄉武帝爲宋公餞於戲馬臺百僚咸賦詩以述其美謝靈運詩曰季秋邊朔苦旅雁違

霜雪凄凄陽卉腓皎皎寒潭潔良辰感聖心雲旗興暮節鳴笳戾朱宮蘭巵獻時哲餞宴光有孚和樂信所缺在宥天下瑤吹萬羣芳悅歸客遁海隅脫冠謝朝列弭棹薄桂渚指景待樂闋河流百急瀾浮驂無緩轍豈伊川途念宿心愧相別美彼邱園道喟焉傷薄劣

賜金蓮花燭 令狐綯

右按東觀奏記云宣宗將命趙公令狐綯爲相夜幸含春亭召對盡蠟燭一炬方歸學士院仍賜金蓮花炬送之院吏忽見金蓮蠟燭驚報院中曰駕來矣俄而趙公至吏謂趙公曰金蓮引駕燭學士用之莫折是否頃刻而聞傳說之命

翰林學士聯句詩好 鄭公權

右按唐書文宗夏日與學士聯句帝曰人皆苦炎熱我愛夏日長公權續曰薰風自南來殿閣生微涼時丁袁五學士皆屬繼帝獨諷公權兩句辭清意足不可多得乃令公權題於殿壁字方圓五寸帝視之歎曰鍾王復生無以加焉

爲詔書好賜宮錦 封敖

右按唐書封敖爲翰林學士中書舍人嘗草賜陣傷邊將詔書句云傷居爾體痛在朕躬帝覽之賜宮錦

送客西江詩好賜瑞錦 馮定

右按唐書馮定爲太常少卿統樂立於庭文宗以其端凝若植問其姓氏翰林李玨奏以定之名帝喜問曰豈非能爲古章句者耶遂召

昇陛帝自吟定送客西江詩吟罷益喜因賜以禁中瑞錦仍令大錄所著古體詩以進尋遷諫議大夫

奪錦袍 宋之問

右按小說武后遊龍門命羣官賦詩先成者賞以錦袍左史東方虬詩成設拜賜坐未安宋之問詩後成文理兼美左右莫不稱善乃就奪錦袍衣之其詞曰宿雨霽氛埃流雲度城闕河堤柳新翠苑樹花先發洛陽花柳此時濃山水樓臺映幾重羣公拂霧朝翔鳳天子乘春幸鑿龍鑿龍近出王城外羽從琳琅擁軒蓋雲罕纔臨御水橋天衣已入香山會山壁嶄巖斷復連清流澄澈俯伊川雁塔遙遙綠波上星龕奕奕翠微邊層巒舊長千尋木春壑初飛百丈泉綵仗虹旌

遶香閣下輦登高望河洛東城宮闕擬昭回南陌溝塍殊綺錯林下天齊七寶臺山中春酒萬年杯微風一起祥花落仙樂初鳴瑞鳥來鳥來花落紛無已稱觴獻壽煙霞裏歌舞淹留景欲斜石間猶駐五雲車鳥旗翼翼留芳草龍騎駸駸映晚花千乘萬騎鑾輿出水靜山空嚴警蹕郊外喧喧引看人傾都南望屬車塵嶪聲引颺聞黃道王氣周廻入紫宸先王定鼎三河固寶命乘周萬物新吾皇不事瑤池樂時雨來觀農扈春

御製詩送賀賓客爲道士還鄉幷宰相已下應制詩 賀知章

右按唐書太子賓客集賢院學士賀知章年八十六臥病五日冥冥不知男曾子哀號訴天請以身代遂疾損乃上表乞爲道士還鄉元宗許之乃捨宅爲觀賜名千秋幷與男曾子會稽郡司馬賜緋小子田田亦度爲道士兼賜帛一百疋道衣兩對又賜鑑湖剡川一曲繞周宮數頃爲放生池因賜剡川一曲詔令供帳東門百寮祖餞

御製送詩幷序 元宗

天寶三年太子賓客賀知章鑒止足之分抗歸老之疏解組辭榮志期入道朕以其夙存微尚年在遲暮用循挂冠之事俾遂赤松之遊正月五日將歸會稽遂餞東路乃命六卿庶尹三事大夫供帳青門寵行邁也豈唯崇德尚齒抑亦厲俗勸人無令二疏獨光漢冊乃賦詩贈行凡闕宴宜皆屬和詩曰遺榮期入道辭老競抽簪豈不惜賢達其如高尚心寰中得秘要方外散幽襟獨有青門餞羣英悵別深

應制左丞相李適之

聖代全高尚元風闡道徵筵開百壺餞詔許二疏歸仙記題金籙朝章披羽衣悄然承睿藻行路滿光輝

應制右丞相李林甫

挂冠知止足豈獨漢疏賢入道求真侶辭榮訪列僊睿文含日月宸翰動雲烟鶴駕吳鄉遠遙遙南斗邊

應制門下侍郎王鉷

詔許真人歸舊隱爲言海上憶孤峯宸旒暫別期千載野服飄然出九重華表尚迷丁令鶴竹陂猶認葛仙龍自憐弱羽塵埃重雲外無由躡去蹤其餘應制詩此不備錄

戴叔倫中和節唱和詩　唐德宗

右按唐紀貞元五年初置中和節德宗皇帝製詩朝臣奉和詔寫本賜戴叔倫於容州天下美之德宗詩曰東風變梅柳萬彙生春光中和紀月令方與天地長耽樂豈予尚懿茲時景良庶遂亭育恩同致寰海康君臣永終始交泰符陰陽曲沼水新碧華林桃稍芳勝賞信多歡戒之在無荒

詔寫古劍歌賜諸學士　郭元振

右按唐書郭元振家狀元振爲通泉縣尉前後掠賣所部千餘人以遺賓客百姓告之武后聞之使籍其家唯有書數百卷后令問其資財所在知皆以濟人於是奇而免之召見大悅聖旨并令口占古劍

歌進天后奇之命繕寫賜諸學士歌曰君不見昆吾鐵冶飛炎煙紅光紫氣俱赫然良工鍛鍊經幾年鑄得寶劍名龍泉龍泉顏色如霜雪良工咨嗟歎奇絶琉璃匣裏吐蓮花錯鏤金環生明月正逢天下無飛塵幸得周防君子身精光黯黯青蛇色文章片片綠龜鱗非直結交遊俠子亦嘗親得英雄人何言中路遭棄捐零落漂淪古獄邊雖復沈埋無所用猶能夜夜氣衝天

家藏十一代先祖書勅爲寶章集王方慶

右按唐書王方慶天后朝鳳閣侍郎知政事周少司空石泉公褒之曾孫也其先自琅琊南渡爲江左冠族褒北徙入關始家咸陽焉祖鼒隋衛尉丞伯父宏讓有美名貞觀中爲中書舍人宏直爲漢王元昌友方慶家多書籍則天訪求右軍遺跡方慶奏臣十代祖伯羲之書先有四十餘紙太宗購求先臣並已進之唯有一卷見在今又進臣十一代祖導十代祖洽九代祖珣八代祖曇者七代祖僧綽六代祖仲寶五代祖騫高祖規曾祖褒并九代三從祖伯晉中書令獻之已下二十八人書共十卷則天御武成殿示羣臣仍令中書舍人崔融爲寶章集以叙其事復賜方慶當時甚以爲榮

廣卓異記卷第三終

廣卓異記卷第四　臣下貴盛之極者

宋宜黃樂　史子正撰
邑後學黃秩模正伯校

金日磾

右按漢書金日磾本匈奴休屠王太子（休許虯反屠音儲）武帝時遷侍中駙馬都尉光祿大夫封秺侯（秺丁故反）弟倫黃門侍郎日磾二子賞奉車都尉宣帝時爲太僕卿光祿勳亦爲侍中建駙馬都尉亦爲侍中建孫當亦封侯倫子安上爲侍中關内侯安上四子常光祿大夫敞遷侍中衛尉岑拜使主客明與岑復爲諸曹中郎將敞二子涉爲侍中參越騎校尉開都侯饒越騎校尉涉兩子湯融俱爲侍中涉從祖父弟

欽光祿大夫侍中都城侯欽弟遷爲尚書令遵王莽時歷封九卿七世侍中二駙馬

張安世

右按漢書張湯爲三公子安世封富平侯食萬六百戶子千秋延壽彭祖皆封侯富於大將軍霍光家僮七百人自宣元已來爲侍中中常侍諸曹散騎列校尉者十餘人功臣之盛唯有金氏張氏親近貴寵比於外戚（安世以父子封侯太盛辭不受祿詔都内別藏張氏無名錢以至亦數百萬計）

許廣漢

右按漢書許廣漢封昌成君女貞君爲孝宣皇后元帝母也廣漢二弟舜爲博望侯延壽爲樂成侯又爲大司馬車騎將軍延壽中子嘉

爲平恩侯亦爲大司馬車騎將軍嘉女爲成帝皇后一門二皇后

史良娣

右按漢書史良娣爲衛太子良娣生史皇孫宣帝祖母也良娣兄恭恭三子高爲樂陵侯至大司馬車騎將軍曾爲將陵侯元爲平陵侯高子丹封武陵侯輔成帝策爲右將軍關內侯丹孫二十八人九男並爲侍中諸曹親近左右四人爲侯十餘人至卿大夫二千石

霍光

右按漢書霍光爲大司馬大將軍益封一萬七千戶故所食凡二萬戶賞賜前後黃金七千斤自昭帝時光子禹及兄孫雲皆中郎將雲弟山奉車都尉侍中領胡越兵光兩女壻爲東西衛尉昆弟諸壻外

孫皆奉朝請爲諸曹大夫騎尉給事中光秉政前後二十年光又願分國邑三千戶以封兄孫奉車都尉山爲列侯山兄雲爲驃騎將軍

衛青

右按漢書衛青七擊匈奴斬虜五萬再封凡萬一千八百戶封三子爲侯侯千三百戶幷之二萬五千七百戶其校尉以大將封侯者九人爲將者十五人

梁冀

右按後漢書梁冀一門三皇后六貴人二大將軍夫人女侯稱君七人尚公主三人其餘卿將尹校五十七人百僚側目莫敢違命

胡廣

右按後漢書胡廣華容人試章奏安帝以爲天下第一旬月拜尚書郎五遷尚書僕射在公台三十餘年歷事六帝一履司空再作司徒三登太尉又爲太傅故人陳蕃李咸並爲三司蕃等每朝會輒稱疾避廣時人榮之年八十二卒贈太傅故吏自公卿大夫博士議郎郎中以下數百人皆縗絰殯位中興已來人臣之盛未嘗有也廣繼母在堂朝夕瞻省傍無几杖言不稱老

鄧禹

右按後漢書鄧禹有十三子各守一藝鄧氏自中興之後累代寵貴凡侯者二十九人公二人大將軍十三人中二千石十四人列校二十二人州牧郡守四十八人其餘侍中將作大夫郎謁者不可勝數東京莫與爲比

竇融

右按後漢書竇融平陵人一門一公兩侯三公主長子穆尚內黃公主穆子勳尚東海恭王女沘陽公主融弟友子固尚光武涅陽公主四二千石相與並時自祖及孫官府邸第相望京邑奴婢以千數於親戚功臣中莫與爲比

楊椿

右按北史楊椿與兄播並典禁闈太保加侍中給鼓吹椿請歸老詔服侍中服賜讌於華林園帝下御坐執手賜牀帳几杖車駕駟馬給林送之椿誡子孫曰我入魏登侍中尚書四歷九卿十爲刺史光祿

大夫儀同開府司徒太尉復爲司空高祖以下乃七郡太守四十二刺史內外顯職時仍少比椿弟津與兄播前後爲華州刺史當世榮之津子悟仕齊爲大行臺右丞請解還葬一門之內贈太師太傅丞相大將軍者二人太尉尚書令者三人僕射尚書者五人刺史太守者二十餘人追榮之盛今古未之有也

萬石君

右按漢書石奮孝景帝時爲九卿長子建次甲次乙次子慶皆馴行孝謹官至二千石景帝曰石君及四子皆二千石人臣尊寵乃集其門凡號奮爲萬石君後以上大夫祿歸老于家子孫爲小吏來歸謁萬石君必朝服見之不名子孫勝冠者皆有品秩慶後爲丞相時諸

子孫爲小吏至二千石者十三人

李覽

右按周書隋書李覽隴西人曾祖富魏大武贈寧西將軍覽爲大將軍覽之子端大將軍端弟吉開府儀同三司吉弟孝軌大將軍孝軌弟詢隴西郡公詢弟崇幽州大總管崇之子敏將作監覽弟遠太保遠弟穆太師贊拜不名穆之子渾大將軍子孫雖在襁褓悉拜儀同一門執象笏者百餘人貴盛無比

廣卓異記卷第四終

廣卓異記卷第五 臣下

宋宜黄樂 史子正撰

邑後學黄秩模正伯校

三公父在堂 張醻

右按漢書張醻字美侯汝南細陽人也爲三公日父尚在醻每遷轉父輒自田里來適會歲臘公卿罷朝共詣醻父上酒爲壽極歡移日當時甚以爲榮

宰相有二親 郭元振 王溥

右按李邕撰郭元振行狀云自唐受命丞相有二親唯元振而已鎮涼州十五年大石等十二國王爲導騶握兵三十萬武后惕息不移

唐祚

右按五代史王溥少年拜相二親在堂溥自序云予年二十六狀元及第牓下除秘書郎其年從周太祖征河中次年獻捷闕下除太常丞加朱紱又一年留守判官除密直學士入翰林又除端明殿學士不日作相自居廊廟凡十一年歷事四朝除太子太保罷相十五年中官榮過分今甲子四十二矣時父祚宿州防禦使母吳國太夫人俱在後父祚自防禦使除左領軍衞上將軍致仕在洛初入覲北闕侍奉肅然百寮下拜兼座主王仁裕爲太子太保在朝溥在翰林時有詩云兩制職官三十客自憐榮耀老萊衣

宰相與百官列班起居新宰相太夫人 趙隱

右按趙氏科名錄隱懿宗朝登庸太夫人盧氏在堂　命之明日三相國幷百執事並赴私第列班陳慶賀之禮每朔旦憲府中集百辟到宅候起居太夫人及懿皇降誕日相府與文武兩班於慈恩寺飯僧教坊三部大合樂於佛殿前京兆府構綵棚接東西廊備相府宅觀閱時隱侍板輿到寺及丞相率百官於庭北謝恩賜酒畢乃迴班就棚通太夫人起居朝野莫不稱美慶其後崔丞相彥昭張丞相濬大用日皆在膝下其榮養之禮悉依趙氏舊儀模按唐書庭作廷迴作回

三十三年在相位　房元齡

右按唐書梁國公房元齡唐初策謁于軍門秦王一見引爲謀主及終在相位三十有三年模按原本三十三年查李鄴卓異記作三十二年

二十七年佩相印　郭子儀

右按唐書汾陽王郭子儀自至德元年從朔方節度使加戶部尚書同中書門下平章事至建中三年凡二十七年其間校中書令考二十有四年每月俸錢二萬貫實封二千戶歲入俸二十四萬貫官供二千人熟食五百馬芻穀每謁見肩輿入內殿子八人壻七人皆至重官子曖尚公主諸孫數十人親仁里四之一爲其宅宅中通永巷家人三千相出入者不知其名爲大臣嘗賜美人六人從者八人崇德貴盛近古無比模按原本芻作蒭據唐書改

四入相　姚崇　裴度　崔允

右按唐書天后時姚崇授夏官侍郎拜相長安四年罷其年拜夏官

尚書又入睿宗初又兵部尚書入元宗初又兵部尚書入尋罷猶命

五日一入門

又按唐列傳裴度元和十年拜門下侍郎入相出行營淮西平加金紫光祿大夫復入相十四年檢校左僕射出北都留守移河北行營守司徒東都留守入朝守司徒授揚州都督未發復知政事罷爲左僕射出山南節度寶歷初入知政事尋守司徒五日一入中書又守司徒兼侍中出山南節度移東都留守特進守司徒兼中書令開成初北都留守四年還京拜中書令（本傳曰功贊四朝始終一致爲唐中興之臣江左王導謝安之流也）

右按唐書崔允自乾寧元年至天復三年四入相三出鎭自兵部侍郎入至開府儀同三司守司徒兼門下侍郎天復三年讓官表云

方伯之貴是臣列祖之任也臣有何功而三分戎閫輔相之職是臣先父之履也臣有何德而四入中書人之甚榮臣實增懼

三入相　孫叔敖　李嶠　馮道

右按春秋繒丘之封人見楚孫叔敖曰吾聞官大者士妬之祿厚者人怨之位尊者君惡之今君相楚國有如此三者不得於楚士民也叔敖曰吾三相楚而心益卑吾祿益厚而施益博吾位益尊而禮益恭是不得罪於士民也

右按唐書李嶠垂拱中自麟臺少監入相三年又拜左丞龍朔初爲中書令景龍初拜特進又入尋年老負罪隨子暢元出處州刺史

右按五代史馮道三入相四月十七日死年七十三歲所得之壽所

終之月皆與孔子同但先孔子一日

五代六人拜相 蕭嵩

右按唐書蕭瑀相高祖曾姪孫嵩相元宗嵩子衡駙馬官至三品衡弟華上元中宰相衡子復相德宗其後文宗曰蕭復爲相難言者必言貞元之名相也華二子恒悟恒子俛大和中宰相俛罷相爲右僕射分司東都太夫人韋氏在堂以孝養爲樂與萊衣舞無異悟子倣咸通中宰相樸按唐書蕭復傳倣子湛湛子寘咸通中位宰相

六代六人拜相 杜淹

右按唐書梁書杜淹姪如晦如晦五代孫元穎元穎姪審權審權子讓能讓能子曉入梁拜相自淹至曉六代拜相

三代拜相 張嘉貞

右按唐書張嘉貞子延賞孫宏靖三代秉鈞漢書雖有韋平父子相繼爲相莫能比也初嘉貞自平鄉丞免歸御史張修憲薦於則天召見內殿垂簾簾與語嘉貞奏曰臣以草萊得謁九重是千載一遇也咫尺之間如隔雲霧竟不覩日月恐君臣之道有所未盡則天遽令卷簾與語大悅擢拜監察御史累遷中書令弟嘉祐爲金吾將軍兄弟並居將相之位

父子皆自揚州再入相 李吉甫

右按唐朝父子繼世爲相者數家唯李吉甫子德裕皆自揚州再入相至若蘇瓌父子相望爲優劣而頲不再入則李氏盛也言宣宗即位日德裕典冊禮及退上謂宦侍曰適行事近我者非太尉耶此人每顧我使毛髮森竪聽政二日出爲荊門

父子三人拜相 鄭珣瑜 趙隱

右按唐書鄭珣瑜相德宗珣瑜之子覃相文宗覃之弟朗相宣宗

右按唐書趙隱拜相按五代史隱之子光逢相梁次子光裔相後唐

一門四相 竇威

右按唐書竇威爲太師中書令堂姪抗爲納言堂曾孫德元爲左相德元子懷貞爲侍中

一門三相 韋仁約 一

右按唐書韋仁約爲納言子承慶爲黃門侍郎平章事次子嗣立爲中書令

岑文本 二

右按唐書岑文本爲中書令姪長倩爲內史孫義爲侍中

楊恭仁 三

右按唐書楊恭仁爲侍中弟師道爲中書令姪孫執柔爲夏官尚書平章事

武承嗣 四

右按唐書武承嗣爲納言堂弟三思爲內史攸寧亦爲納言

韋待價 五

右按唐書韋待價爲右僕射平章事三從弟安石爲中書令安石再從姪巨源爲侍中

王播 六

右按唐書王播自鹽鐵使拜相弟起自右僕射兼使相姪鐸自鹽鐵使拜相鐸炎之子炎播之弟起之兄文宗待起如師友目之曰當代仲尼

崔元畧七

右按唐書崔元畧東都留守弟元式北都留守拜相元畧子鉉鉉之子沆兩拜中書舍人入相

廣卓異記卷第五終

宋宜黃樂　史子正撰
邑後學黃秩模正伯校

二代爲相鄭武公一

右按鄭武公父子並相爲周司徒善於其職國人美之爲賦緇衣以明有美善之功也詩曰緇衣之宜兮敝予又改爲兮

韋賢平當二

右按漢書韋賢子元成平當及子晏並爲丞相故漢代父子爲相稱韋平按韋賢其先孟至賢五世爲鄒魯大儒賢爲相時年七十在位五歲乞骸骨賜黃金百斤罷歸加賜第一區丞相致仕自賢罷相十

年之間子元成繼父爲相鄒魯諺曰遺子黃金滿贏不如一經

韓休三

右按唐書韓休拜相子滉拜相孫臯爲左右僕射雖不拜相其位已高

令狐楚四

右按唐書令狐楚自翰林學士中書舍人拜相子綯自湖州召入充翰林學士間歲拜相渭南尉趙嘏獻詩云鶚在卿雲冰在壺天代材業奉訏謨榮同伊陟傳朱戶秀比王商入畫圖昨夜星辰迴劍履前年風月滿江湖不知機務時多暇猶許詩家屬和無

崔慎由五

右按唐書崔愼由工部尚書拜相子允四入相四入既當權天下人呼由爲有來麻汁

崔祐甫六

右按唐書崔祐甫拜相姪植拜相（祐甫秉政二百日除吏八百員）

劉祥道七

右按唐書劉祥道爲右丞相祥道之子齊賢爲納言

蘇瓌八

右按唐書蘇瓌爲侍中子頲爲中書侍郎平章事先是神龍中頲自給事中修文館學士轉中書舍人時父瓌中書門下三品父子巳同掌樞密也

陸元方九

右按唐書陸元方爲鸞臺侍郎平章事其子象先爲中書侍郎平章事

樂彥瑋十

右按唐書樂彥瑋爲西臺侍郎平章事子思晦爲鸞臺侍郎平章事

李道廣十一

右按唐書李道廣殿中監平章事子元紘中書侍郎平章事（曾祖粲本姓丙高祖有舊爲監門大將軍年八十令乘馬入宮中檢校）

李敬元十二

右按唐書李敬元爲中書令弟元素爲鳳閣侍郎平章事

來恒十三

右按唐書來恒爲黄門侍郎平章事弟濟爲中書舍人

張文瓘十四

右按唐書張文瓘爲侍中姪錫爲鳳閣侍郎平章事

戴胄十五

右按唐書戴胄爲吏部侍郎平章事姪至德右僕射平章事胄無子以兄子至德爲嗣

宇文節十六

右按唐書宇文節爲侍中孫融爲黄門侍郎平章事

崔仁師十七

右按唐書崔仁師爲中書侍郎平章事孫湜中書令中宗會與韋氏尉一顆與母湜

攝歸與愛妾天下罪之

薛元超十八

右按唐書薛元超爲中書令姪稷禮部尚書拜相

裴矩十九

右按隋書及唐書裴矩爲侍中從姪孫寂爲内史令

楊收二十

右按唐書楊收自翰林學士拜相姪涉禮部侍郎拜相

兄弟六人並登相位卞壼

右按晉書卞壼祖統父粹以清辯正察稱兄弟六人登宰輔世號卞

氏六龍元仁無雙元仁粹字也位至中書令

外孫三人爲相　盧攜　鄭畋　杜讓能

右按唐書李翺女壻盧求之子攜爲相鄭亞之子畋爲相杜審權之子讓能爲相初翺鎮襄陽日有道人善相因出諸孫熟視之皆曰不繼翺遂遣諸女出拜乃曰尚書佗日外甥三人皆至宰相後果如之攜與畋同相黃巢反求廣州節攜不肯只授率府率與畋爭擲飲及巢犯闕懼飲藥而死巢之興有讖云黃蛇獨吼天下人走又曰金色蝦蟇爭怒眼翻却曹州天下反中和初謠云黃巢須走奏山東死在翁家翁時巢死之處氏家乃姓翁也因而書之

舅甥相代爲相　李嶠　張錫

右按則天實錄以天官侍郎張錫爲鳳閣侍郎拜相以鸞臺侍郎李嶠遷成均祭酒罷政事嶠是錫之甥舅甥相代爲相時人美之

與妻父同時爲相　杜黃裳　韋執誼

右按唐書杜黃裳相順宗女壻韋執誼自吏部郎中拜右丞相同平章事近古衣冠無比然執誼自郎官拜相少矣

座主與門生同在相位　王鐸　韋保衡　蕭遘

右按唐書咸通五年王鐸主文放韋保衡及第十一年夏保衡自內庭命相其年冬鐸由鹽鐵使登庸同居中書後鐸加左僕射保衡加右僕射鐸拜司徒保衡拜司空品位齊尊少有其比

右按唐書咸通五年王鐸放蕭遘及第至僖宗朝同居相位鐸年高昇御階足跌蹐句陳中遘旁提起帝因之喜曰輔弼之臣和于之幸也謂遘曰適見卿扶王鐸于喜卿善事長矣遘曰臣扶王鐸不獨同

長臣中選門生也上笑曰王鐸選進士朕選宰相於卿無負矣

與同列子弟爲丞相 宋璟 蘇頲

右按唐書宋璟先與蘇瓌同爲相及蘇頲除紫微侍郎同平章事宋璟歎曰吾與蘇家父子同時爲相至如敦厚博物僕射有之若忠正賢明則頲過其父且繼世爲相則有矣如頲與其父友同秉鈞衡者自古未聞初與其父比肩又與其子同列如璟年者德重久處台司又無其比

齊年同日爲相 武元衡 李吉甫

右按唐書武元衡與李吉甫齊年同日爲相吉甫先一年以元衡生日卒元衡後一年以吉甫生日卒吉凶之數若符會焉

集禮院 由太常博士入相者

右按唐年補錄大中四年十一月令狐綯守兵部侍郎拜相宰執同列白敏中崔龜從崔鉉以綯新加兵部南省上事以故事送上必先集少府監是日諸相以敏龜從冑爲太常博士遂改爲集禮院因命常侍柳公權記之龜從爲其文畧曰夫博士重官也由此選者繼登三事而又並時同位者相望元和初權德輿與李吉甫同在相位長慶中竇易直杜元穎提印使蜀命敏中始與鄭肅及韋琮同居中書予復叨重委因志所同以遺佗日亦以知博士之選爲重焉時令狐綯父楚亦以博士相時人榮之

座主見門生拜相 王仁裕 王溥

右按五代史乾祐元年戶部侍郎王仁裕放王溥狀元及第溥不數年拜相仁裕時爲太子少保有詩賀曰一戰文場拔趙旗便擕金鼎贊無爲白麻驟降恩何極黃髮初聞喜可知跋勅案前人到少築沙堤上馬行遲押班長得遙相見親狎爭如未貴時溥依韻和曰揮毫文陣偶搴旗待詔金華亦強爲自社幸當宗伯選赤心旋遇聖人知九霄得路榮雖極三接承恩出每遲職在台司多少暇親師不及舞雩時時人榮之臣史嘗見化光二年禮部侍郎趙光逢放榔璨及第璨不多時便拜相上事日座主尚居散職謁見之時令朱袞史連姓朗而贊之全不優容時議短之然璨入相俱誅弁在二年內嗚呼賤恩辜義有如此者

廣卓異記卷第六終

廣卓異記卷第七臣下

宋宜黄樂　史子正撰

邑後學黄秩模正伯校

爲相數日天下望風而變　楊綰

右按唐書代宗朝楊綰入相綰質性貞廉車服樸素未數日人心自化御史中丞崔寛城南別墅臺榭爲當時第一寛卽日潛遣毀拆郭汾陽在邠州聞綰拜相減音樂五分之四京兆尹黎幹出入騶馭百餘卽日減損唯留其十騎其餘望風變奢從儉者不可勝數其鎮俗如此旬日中風詔入中書養護中使存問一日數人卒贈司徒詔文武百官就私第弔之帝曰天不使朕致太平何奪我楊綰之速也自古賢相無以及之

與子弟同年同在相位　徐商　子琮

右按唐書大中十二年徐商爲襄州節度使長子彥若與琮同年及第至咸通六年商自御史大夫拜相七年琮自兵部侍郎拜相同年丈人之禮

與使主同時爲相　杜佑　權德輿　牛僧孺　李珏

右按唐書權德輿撰杜佑神道碑云早忝賓府晚聯台座又宰相牛僧孺自中書侍郎出鎮武昌辟李珏爲書記始授殿中侍御史纔十年爲戸部侍郎同平章事牛僧孺自右僕射再入相當代以爲盛美

裴度二　李宗閔

右按唐書元和中裴度征淮西李宗閔以禮部員外郎爲書記其後同居相位

白敏中 三　蔣伸

右按唐書大中年中白敏中討黨項蔣伸以左庶子爲行軍司馬其後同居相位

杜悰 四　畢諴　楊收

右按唐書杜悰兩鎮淮海畢諴楊收前後爲從事其後皆同在相位

故吏並爲三司 陳蕃　李咸

右按漢書胡廣爲三公故吏陳蕃李咸並爲三司每朝會蕃等常稱疾避廣時人榮之

賓幕六人拜相 杜鴻漸　張鎰　喬琳　陳遊　杜黄裳　高郢

右按唐書杜鴻漸等六人皆曾爲汾陽王郭子儀之賓佐其後俱拜相

使王未離鎮見判官拜相 李石　崔鉉　楊收

右按唐書開成中李石鎮荆南崔鉉爲從事入拜司勳員外郎翰林學士不三二歲拜中書侍郎平章事石尚仍舊在鎮賀鉉狀云賓筵初啟曾陪樽俎之歡將幕未移已在陶鈞之下 此李騭之辭騭時爲節度巡官

右按唐書大中末崔鉉自左僕射平章事鎮淮海楊收以太常博士從鉉爲支使收入拜侍御史遷吏部員外歷翰林學士二歲拜兵部侍郎平章事鉉未移鉉賀收狀云前時里巷初迎避馬之威今日藩

垣便仰同牛之化此崔瀣之辭

禮部同年三人同時在相位 令狐楚 皇甫鎛 蕭俛

右按唐書貞元七年禮部侍郎杜黃裳下三十八人及第其後令狐楚皇甫鎛二人先在相位乃同表薦蕭俛拜相

禮部同年四相 鄭昌圖 趙崇 裴贄 鄭延昌

右按唐書咸通十三年禮部侍郎崔殷夢下二十八人及第其後鄭昌圖等四人相次拜相

制科同年四相 牛僧孺 李宗閔 王起 賈餗

右按唐書元和三年宣政殿試賢良方正能直言極諫科一十八人登科其後牛僧孺等四人相次拜相先是白居易在翰林爲考覆官其

後牛僧孺罷相出鎭揚州居易在洛中有詩送曰北闕止東京風光十六程坐移丞相閤春入廣陵城紅旆擁雙節白髭無一莖萬人開路看百吏立班迎閫外君彌重罇前我亦榮何須身自得將相是門生

制科同年五相 裴垍 王播 裴度 崔羣 皇甫鎛

右按唐書貞元十年應賢良方正能直言極諫科十四人登科其後裴垍等五人相次拜相

揚州四人皆至宰相 高智周 來濟 郝處俊 孫處約

右按唐高宗歷高智周少與來濟郝處俊孫處約同遊寓於揚州都人石仲覽傾產以待之嘗引相者視濟等相者曰四人皆宰輔也而

石不及見焉然來早貴而未免屯躓高晚達最爲壽考夫速登者易顛徐進者少患天之道也仲覽貞觀末爲兵部郎中卒濟等乃貴卒如相者所言侍中許圉師即處俊之舅安州有田彭二家豪富江淮語曰貴如許郝富似田彭

會客中三人皆丞相 韋賢 魏相 邴吉

右按漢書韋賢魯人也爲丞相卒魏相代相濟陰人也爲丞相卒邴吉代吉魯國人也初長安中有善工相田文者與韋丞相魏丞相邴丞相微時會於客家田文曰今世三君皆丞相也其後三人競更代爲相是何見之明也

白衣人告拜相 姚顗

右按唐書姚顗光化中入洛有白衣丈夫乃鬼也呼顗爲中夏之相輔也及顗拜前一日白衣人來云公明日拜相前定如此

夢中神人授二管筆 馬允孫

右按五代史馬公天成中自河中從事赴闕宿於邏店其地有邏神祠夜夢神見召手授二筆一大一小覺而異焉及潞王即位以公爲翰林學士旋知貢舉私自謂曰此二筆之應也及拜相上事中書吏奉二筆熟視大小如昔夢中所授者公始悟冥數有定分也

庭槐生三枝過堂屋脊 李石

右按北夢瑣言云李氏河中永樂有宅庭槐一本抽三枝直過堂脊一枝不及李氏同堂昆弟三人曰石曰程皆登相位唯福一人歷七鎮使相而已

三起三留 蔣伸

右按柳玭十四事云宣宗朝蔣伸判戶部事特承恩渥每對多及時政一日延英奏曰近日爵賞稱異人思僥倖者上驚曰如此卽亂去也伸曰亂卽未亂但思僥倖者多亂亦不難上稱歎再三語畢三起三留上曰後度卿不獨對卿也伸不諭上此後延英遂入相中外咸知上命相獨出宸襟

見白衣人吟詩 馬植

右按小說馬植安南都護與時宰不通又除黔南殊不得意維舟峽中古寺寺前有長堤夜月甚明見人白衣緩步堤上吟詩曰截竹爲筒作笛吹鳳凰池上鳳凰飛勞君更向黔南去卽是陶鈞萬類時歷歷可聽遣人邀問卽已失之後自黔南入爲大理卿遷刑部侍郎判

鹽鐵拜相李敏求嘗夢植爲冥司判官主人歲支錢穀事

神呼相公 元載

右按小說元載布衣時與張渭徒行陳蔡間會暮風雷避於神廟中時有羣盜匿廟下二人懼負壁而立俄聞廟宇有呼者曰元相國張侍郎且止辟盜疾去無害貴人其後元相代宗渭終禮部侍郎又朱朴微時嘗山行夜聞唱相公來近十聲聲震林谷視之無所見唐昭宗時自詩博大拜中外愕然素無大譽尋黜嶺外其制曰橫身濟惡公卿之議論沸騰側目忌賢中外之人情恟懼雖無才畧亦非偶然也

蝦蟆大如牀 李揆

右按別說李揆乾元中爲禮部侍郎嘗一夕有蝦蟆大如牀高數尺

見於寢室中解者曰夫蝦蟆月中之蟲亦天使也今使來公堂豈非
上以寄命付公明日視之已亡揆果拜相

廣卓異記卷第七終

廣卓異記卷第八 臣下顯達之速者

宋宜黃樂　史子正撰

邑後學黃秩模正伯校

年三十爲僕射 封嵩 韓綽

右按南燕書慕容德以右僕射封嵩爲左僕射尚書韓綽爲右僕射時嵩綽俱年三十又以嵩弟融爲西中郎將綽弟軌爲東中郎將同拜四人同入嵩等陞殿方謝帝顧曰躍二龍於長衢騁騏驥於千里朝野榮之

不數日貴盛 劉幽求

右按唐書劉幽求隨元宗平内難是夜詔書皆出幽求自爲其制云

前朝邑縣尉劉幽求忠貞冠古義勇横秋首建雄謀果成大業可書舍人參知機務賜爵實封祖父俱贈刺史授二子五品官翊日又定策請睿宗即位以功授銀青光祿大夫行尚書左丞相依舊參知政事進封徐國公加實封通前千五百戸賜物千段奴婢三十八宅一區地千頃加金銀雜器五車不數日内

數月超爲大司空 朱博

右按漢書朱博字子元以京兆尹數月超爲大司空

九十五日位至司空 荀爽

右按後漢書荀爽數徵聘不就及獻帝時董卓秉政復徵之欲遁命吏急之不得去因復拜平原相行至宛陵進爲光祿大夫視事三日

進拜司空爽出自巖穴九十五日而登台司時號白衣登三公

起家二年爲丞相張鎬

右按唐書獨孤及撰張鎬神道碑云一命左拾遺再命右補闕三命殿中侍御史四命諫議大夫中書侍郎平章事起家徒步二年綰相印

自補闕至侍郎不周歲爲相杜元穎

右按唐書杜元穎如晦之元孫也歷翰林學士中書舍人戶部侍郎拜相自補闕至侍郎不周歲居輔相之地詞臣速達未之有也弟絳太子賓客絳子審權拜相

二年間拜相階至特進韋保衡

右按唐書韋保衡自翰林學士中書舍人遷兵部侍郎拜相自起居郎至拜相二年之間階至特進保衡尚懿宗女同安公主

五年至尚書張敏

右按漢書張敏字伯達鄚人也建初二年舉孝廉四遷五年爲尚書

不出長安城十年至丞相匡衡

右按漢書匡衡東海人十年之間不出長安城門爲御史大夫未滿歲便拜相

不出都門便登相位鄭覃

右按唐書鄭覃歷官三十餘任未嘗出都門便登相位以至於終

不及七年爲節相樊澤

右按唐書樊澤應制舉禮部侍郎于卲一見歎曰將相之才也不及五年澤果爲節相卲有知人之鑒也

四遷至九卿 司馬安善

右按漢書汲黯姊之子司馬安善四遷至九卿

七箇月自員外郎爲侍郎 盧從愿

右按唐書盧從愿自吏部員外郎至吏部侍郎七箇月

三月周歷三臺遷侍中 蔡邕

右按後漢書蔡邕字伯喈以侍書御史遷尚書三月之間歷三臺遷侍中

一日三命 元稹

右按唐書元稹自尚書祠部郎中知制誥除中書舍人翰林學士賜紫金魚袋白居易爲制詞曰一日之中三加新命稹表謝云口勅校官面賜章服拔令丞旨不顧班資近日寵榮無臣此例初稹知制誥因中官魏簡進同院武儒衡會食有青蠅集瓜忽擊之曰適從何來遽集於此一座愕然

一日二恩 賀知章

右按唐書賀公自太常少卿遷禮部侍郎兼集賢學士一日併謝二恩源乾曜與張說同秉政乾曜曰賀公久著盛名今日一時兩恩足爲學者光輝然學士與侍郎何者爲美說對曰侍郎自皇朝已來爲衣冠之華選自非實望具美無以居之然終是具員之吏又非往賢所

慕學士者懷先王之道爲搢紳軌儀蘊楊班之詞彩兼游夏之文學始可處之無愧二美之中此爲其最美

四時改服飾 傅遊藝

右按唐書傅遊藝天授中自合宮主簿遷監察超拜給事中同鳳閣鸞臺平章事一年之內位至宰相時人謂之四時仕宦言春著青夏著綠秋著緋冬著紫文宗謂宰臣曰天后用人自布衣便與宰相還得力否楊嗣復曰天后與今日事異深峻刑辟輕用官爵及自固之計古人云三綱失序拔士爲相四夷皆侵拔兵爲將此蓋不得已之事非理平之事也模按宮宦均訛宮據唐書改

一歲五遷 王猛

右按晉陽春秋秦王苻堅以王猛爲輔國將軍司隸校尉居中宿衛僕射詹事中書令領選如故猛固讓不許曰機務僕才實咨明哲朝

野所屬猛一載五遷權傾朝野模按原本苻訛符據晉書改

一歲三遷 崔希逸

右按唐書崔希逸十二喪母以孝聞十五廬終南山徧覽經籍開元十八年春遷吏部郎中夏轉河南縣令冬試司農少卿一歲三遷時人榮之歷官左常侍河南尹

白衣入翰林 李白

右按唐書李白天寶中名見金鑾殿元宗降輦步迎如見園綺草詔蕃書筆不停綴帝嘉之七寶方丈賜食於前御手調羹遂入翰林專掌密命模按原本鑾訛鸞據唐書改

六十日內授三品官 張寶藏

右按唐書張寶藏爲金吾長上直歸樊陽逢少年獵割鮮乃歎曰寶藏年七十未嘗得一食鮮肉傍有壹僧曰君六十日内官登三品時太宗患氣痢醫不效詔求醫寶藏曾困此疾進乳煎蓽撥方上服愈宣與五品官魏徵難之上疾復作服前藥又平因思與五品官不見授何也徵懼曰未知文武二吏上怒曰治得宰相不妨已授三品官我天子豈不及汝耶乃厲聲曰與三品官立授鴻臚卿時正六十日雖雜類然授官速也

自處士爲丞相 范賢

右按蜀記李雄既爲成都王西山范賢字長生巖居穴處初徵不至後賢自青城山乘素轝詣成都雄大喜迎于門與同坐即拜爲丞相長生勸卽帝位

四遷至丞相 公孫宏

右按漢書公孫宏對策第一拜博士二年左内史元朔二年爲御史大夫五年爲丞相封平津侯故人齊賢告人曰公孫内服貂蟬外以麻枲内廚五鼎外膳雜肴豈可以示天下哉朝廷自此疑矯焉宏聞之歎曰寧逢惡賓不逢故人宏既開東閣一欽賢館待大賢二翹材館待大材三接士館待國士

廣卓異記卷第八終